AF498295

Anct. artt. 4765. B.

9773.

B.l.

Liste des ballets contenus en ce volume

le ballet des festes de Bacchus	1651
le ballet de la nuit	1653
les nopces de pelée et de thetis	1654
le ballet des prouerbes	1654
le ballet des plaisirs	1655
le grand ballet des bienvenus	1655
le ballet de psiché	1656
le galantjour ...	1656
la feste de ssone	1656
lamour malade	1657
les theses de scaramouche	1657
les plaisirs troublez mascarade	1657
le ballet dalcidiane	1658
le ballet de la raillerie	1659
les debris du ballet	1659
chaquun fait le mestier dautruy	1659
xerxes	1660
le ballet de limpatience	1660

H. umbelot Sculp.

BALLET
DV ROY,

DES FESTES
DE BACCHVS.

Danſé par ſa Majeſté au Palais Royal,
le 2. jour de May 1651.

A PARIS,
Par ROBERT BALLARD, ſeul Imprimeur du Roy
pour la Muſique.

M. DC. LI.
AVEC PERMISSION.

BALLET
DV ROY,

Des festes de Bacchus.

PREMIER RECIT.

La Sobrieté, Cornaro, & l'Indigence, chaffez de l'Ifle dorée,
& menez en triomphe par vn Parafite.

I vous voulez viure long-temps,
Suiuez cet auis falutaire,
Fuyez la bonne chere,
Elle accourcit nos ans :
Quittez ce faux plaifir, vous ne fçauriez mieux faire,
Si vous voulez viure long-temps.

Jl n'eft icy rien de fi doux
Que les feftins, & l'abondance ;
La diuine abftinence
A plus d'attraits pour nous :
Ayons pour fa beauté toujours de la conftance,
Jl n'eft enfin rien de fi doux.

PREMIERE ENTRE'E.

Le Fourgon chargé de toutes les chofes neceffaires à la ceremonie
des feftes de Bacchus.

Mr. de Sainctot Lardenay, les Srs. Queru, du Mouftier,
Lerambert, & Anffe, chaffans le Recit.

Llez, maigre Cornare, ennemy des vrays biens,
Retournez à Venife, & fortez de nos terres :
Suffit que de chez vous il nous vienne des verres,
Nous n'auons pas befoin d'autres Venitiens.

II. ENTRÉE.

Concierges du Palais de Silene ayant la clef des Caues.

Les Sieurs Courtois & Laleu.

NOus sommes gardiens d'vn precieux tresor
Qui passe les rubis, les diamans, & l'or
Que l'auarice adore, & dont elle est esclaue ;
Nous auons les clefs de la Caue.

III. ENTRÉE.

Le Temps qui amene la joye & l'abondance
necessaires à la ceremonie.

Le Duc de Ioyeuse, *representant le* Temps.

AVX DAMES.

MErueilleuses beautez de cent graces pourueuës,
Auec ces doux regards plains de feux éclatans,
Ie croy que vous n'estes venuës
Ioy que pour tuër le Temps.

C'est vn meschant dessein que celuy qui vous porte
A commetre ce meurtre aux yeux des Assistans,
Ne me traittez pas de la sorte,
Il faut bien ménager le Temps.

Sçachez qu'on doit aymer alors qu'on est aymées,
Et quand par vos faueurs mes vœux seroient contens,
Vous ne sçauriez estre blasmées
De vous accommoder au Temps.

Ie suis digne apres tout de vos bontez parfaites,
Et si vous m'accordez la grace que j'attens,
Vous en serez fort satisfaites
Et vous direz, ô le bon Temps !

IV. ENTRÉE.

IV. ENTRÉE.

Filoux traineurs d'épées sortans du Palais de Silene, échauffez par le vin.

LE ROY. Le Duc de Mercœur, le Comte de Sainct Agnan, Mr. Coquet fils, les Srs. Barbau, Verbec, & Robichon.

AVX DAMES.

Beautez capables de rauir
Les Dieux aussi bien que les hommes,
Voulez-vous sçauoir qui nous sommes?
De francs Filoux pour vous seruir.

Les beaux objets sont trop heureux
Que nous deuenions leurs esclaues,
Ce n'est point pour faire les braues,
Mais nous sommes fort dangereux.

Dessus le paué de Paris
Nous causons des troubles horribles,
Et nous sommes des gens terribles
A la nation des Maris.

Dans le mestier qui nous occupe
Nos sentimens sont assez beaux,
Car nous prisons plus vne iuppe
Que nous ne ferions vingt manteaux.

V. ENTRÉE.

Deux Afficheurs Colporteurs affichans & crians par toute l'Isle les festes de Bacchus.

Mrs Sainctot, & Cabou.

Es libelles & les affiches
Nous rendront opulens & riches,
On y gagne en toutes saisons,
Aussi pour auoir l'abondance
Dans le Mestier que nous faisons,
Il suffit que la Prouidance
Ait soin des Petites Maisons.

B

VI. Entreé.

Le triomphe de Bacchus monté sur vn monstre à trois testes,
de singe, de lion, & de pourceau, representant le vin gay,
furieux, & endormy : Il sera accompagné de trois demons
appellez Coballes, & de trois filles que ces demons ont
rendu insensées.

Monsievr Frere vnique du Roy, *Fille*.
Les Comtes de Sainct Agnan fils, Viuonne, de Guiche,
le petit Laleu, & Bonar fils. *Demons, & Filles*.

Bacchus, representé par Mr. *Coquet pere*.

Les Indes ont ployé sous mon effort diuin,
L'Vniuers est témoin de ma grandeur parfaite,
Et ie ne fus iamais vaincu que par le Vin,
Mais je trouue ma gloire en ma propre défaite.

Les Comtes de Guiche, Viuonne, & Bonar fils,
representans trois Démons.

A Quoy pouuons nous estre bons
Quand nous aurons figure d'hommes,
Puisque tous enfans que nous sommes
Nous sommes de petits Demons.

Monsievr Frere vnique du Roy, *representant vne Fille*.

I'Estois vn fort joly garçon,
Et j'auois toute la façon
Qu'on voit aux Royales personnes
Qui touchent de prés les Couronnes,
Quand à force de m'attacher
Au beau sexe qui m'est si cher,
En m'habillant comme il s'habille
Ie suis enfin deuenu fille :
Vn si merueilleux changement
Sert de preuue comme l'Amant
Dont l'ame est beaucoup enflamée
Se transforme en la chose aymée ;
Mais je sens bien que je ne puis
Seruir ce sexe quand j'en suis,

Et je commence à recognoiſtre
Pour l'aymer qu'il n'en faut pas eſtre ;
C'eſt pourquoy je ſerois d'auis
De reprendre auec mes habits
Celuy-là dont j'eſtois n'aguere ,
I'ay beaucoup de choſes à faire
Que j'en feray bien mieux à point ,
On peut donner à mon pourpoint
Ce qu'on ne ſeroit pas ſi duppe
D'accorder à mon corps de juppe :
Sans y faire tant de façon
Ie veux redeuenir garçon ,
Et que plus d'vne fille m'ayme
Auecque ce defaut-là meſme.

VII. ENTRE'E.

Quatre Nourrices de Bacchus.

Le Duc de Mercœur, le Marquis de Montglas, Mʳˢ· Sanguin, & la Cheſnaye, *repreſentans des Nourrices.*

AVX DEMOISELLES.

IL n'eſt pas mal-aiſé d'acquerir nos offices,
Et pour y paruenir le chemin en eſt doux ;
Mais vous ne ſçauriez mieux vous addreſſer qu'à nous
Si vous voulez apprendre à deuenir Nourrices.

VIII. ENTRE'E.

Deuins & Poëtes.

LE ROY.   Le Comte de S. Agnan, le Marquis de Villequier, Mʳ· Coquet fils, & le Sʳ· Molier.

LE vin qui des Heros éleue le grand cœur
Inſpire à nos eſprits leurs diuines furies,
Et naiſſent de cette liqueur
Les beaux Vers, & les Centuries.

LE ROY, *repreſentant vn Deuin.*

Q Ve de gens ſur ce front dont l'éclat eſt diuin
Vont chercher de leur ſort vn infaillible augure,
Et que de Courtiſans iront à ce Deuin
Pour apprendre leur bonne, ou mauuaiſe auanture.

C'eſt vn noble Genie, il promet aux humains
Le retour de la Paix, & des mœurs anciennes,
Et s'il veut obſeruer les lignes de nos mains,
Tout ce qu'il y verra nous doit venir des ſiennes.

Nul autre à ces talens ne ſçauroit paruenir,
Mais que pour le futur c'eſt vn grand Perſonnage,
Et qu'on le juge bien Maiſtre de l'aduenir.
A ne faire que voir ſes yeux & ſon viſage.

I X. ENTRE'E.

Gens cherchant la Cadance que le vin leur a fait perdre.

Villedan, les Sᵗˢ· Verbec, Laleu, le Vacher, & Lambert.

Pour Villedan, *chercheur de Cadance.*

A Ttraper la Cadence eſt vn penible ouurage,
Ie perds en cette enqueſte & ma peine & mes pas,
Ie la cherchay jadis dedans le mariage,
Et ne l'y trouuay pas.

X· ENTRE'E.

Deux Gueux & vne Gueuſe ruinez par le vin.

Mʳˢ· de Sainɗot, de Lardenay, & Cabou.

I Adis nous auions dequoy frire,
Maintenant nous n'auons plus rien,
Et nous ne laiſſons pas de danſer, & de rire,
Il n'eſt rien de ſi doux que d'aualer ſon bien.

XI. ENTRE'E.

XI. ENTRÉE.

Dieu Pan & ſes Faunes, qui ſortent de l'Iſle & dreſſent
vne table couuerte de mets delicieux.

Le Cheualier de Guiſe, le Comte de Lillebonne, les Marquis de Richelieu
& de Humieres, & le Sr. Ioyeux.

Dans nos bois & ſur nos fougeres
Nous courons les jeunes Bergeres,
Elles ont beau doubler le pas
Nous les attrappons de viteſſe,
Et nos pieges ont tant d'appas
Qu'il faut vne grande iuſteſſe
A celles qui n'y tombent pas.

Le Cheualier de Guiſe, *repreſentant le Dieu Pan.*

Plus inſenſible que les bois
Où ma Diuinité preſide,
J'ignore ce que c'eſt d'Amour & de ſes loix,
Ou ſi dans mon ame il reſide,
Il faut donc qu'il y ſoit ſans flame & ſans carquois.

Les Faunes qui me font la cour
N'en jugent rien à mon viſage,
Et les Antres ſecrets dont les rayons du jour
N'ont jamais ſceu percer l'ombrage,
Sont beaucoup moins ſecrets que ne l'eſt mon amour.

Les Nymphes diſent que j'ay tort,
Et iurent de m'eſtre cruelles,
De me faire la guerre, & de crier bien fort,
Au cas que ie bruſle pour elles.
C'en eſt fait il eſt pris, & le grand Pan eſt mort.

C

X I I. E N T R E´E.

Six Cheualiers de la Table ronde, qui chaſſent les Faunes
& ſe mettent à table.

Le Duc de Candale, le Marquis de Piſy, les Comtes de Froulé, & de la Tour
Roquelaure, Mʳ Ribere, & le Sʳ Mongé.

CEs braues Cheualiers combatent
Par tout le monde à fer trenchant,
Vers le Midy leurs faits éclatent,
Ils éclatent vers le Couchant :
C'eſt à dire que cette Troupe,
A parler tout communément,
Fait des merueilles au moment
Ou qu'elle diſne, ou qu'elle ſoupe.

XIII. E N T R E´E.

Les Baſteleurs qui diuertiſſent les Cheualiers.

Mʳ Heſſelin, *Harlequin.*   Les Sʳˢ Lerambert & du Mouſtier, *Colles.*
Bonar, fils. *Godenot.*   Sa Sœur. *Gouuernante.*
La petite Molier. *Femme de Godenot.*

AVec adreſſe & bonne grace,
Et comme on ne s'attend à rien,
Prendre vn cœur & donner le ſien,
C'eſt vn beau tour de paſſe-paſſe.

XIV. E N T R E´E.

Inuenteurs de Preſſoirs Automne & Achanariens.

Les ᴍarquis de Villequier, de Sainᴄᵗ Martin, de Charmazel,
les Comtes de Carces, & de Bregy.

Le Marquis de Villequier, *repreſentant l'Automne.*

A v x D a m e s.

VOulez-vous de mes fruiᴄᵗs, ils ne ſont point amers,
Quoy que pour la ſaiſon ils ſoient vn peu bien vers,
Je me ſuis fort haſtée, & c'eſt en ma perſonne
Qu'on trouue le Printemps en y cherchant l'Automne,

Le Comte de Carces, les Marquis de S. Martin, & de Charmazel,
& le Comte de Biegy, *representans des Achanariens*
& Inuenteurs de Preſſoirs.

Avx Dames.

NOus auons inuenté l'Art de preſſer Bacchus,
    Et fouler aux pieds la vendange,
    Afin d'en exprimer le jus,
    Bacchus s'en plaint, Amour le vange,
Et comme nous auons preſſé cette liqueur,
Il fait que vos beaux yeux nous vont preſſant le cœur
    D'vne maniere plus étrange,
    Ainſi par ſa permiſſion
Nous ſommes tourmentez de noſtre inuention.

XV. Entre'e.

Muſique Croteſque.

Les Srs. Laleu, Queru, & Lambert.

XVI. Entre'e.

Le Ieu, la Débauche, & la Crapule.

Le Duc de Ioyeuſe, les Srs. Molier, & Robichon.

Le Duc de Ioyeuſe, *repreſentant le Ieu.*

Avx Dames.

AYmez le Ieu, n'en ayez point de honte,
    A ce plaiſir adonnez vous vn peu,
    Vous pourriez bien y trouuer voſtre conte,
        Aymez le Jeu.

XVII. ENTRÉE.

Icar & quatre Bergers.

Le Prince d'Harcourt, le Duc de Roüannez, le Sr. Ioyeux,
& les Srs. Verbec, & de Sens.

*Le Prince d'Harcourt,   repreſentant Icar aſſommé
par des Bergers qu'il auoit enyurez du vin
que luy auoit donné Bacchus.*

Es deſtins à ma vie ont eſté bien contraires,
Je ne pouuois fuyr l'vn de ces deux dangers,
Et je deuois perir par les mains des Bergers,
Ou j'auois à mourir par les yeux des Bergeres.

*Le Duc de Roüannez, repreſentant vn Berger
qui ſe croit empoiſonné.*

Est-ce enfin poiſon ? eſt-ce Amour ?
Ou ſi chacun d'eux à ſon tour
Me trouble l'eſprit & la veuë ?
Mais que de ſens & de raiſon
Mon ame eſt icy deſpourueuë,
Si c'eſt de l'Amour qui me tuë,
Helas ! n'eſt-ce pas du poiſon ?

RECIT.

Venus, la Volupté, trois Graces.

Av Roy.

Venus.

JE suis la mere de l'Amour,
IEVNE ROY, qui viens dans ta Cour
Amener les delices.

La Volupté.

Et moy je suis la Volupté
Qui termine la cruauté
Des amoureux supplices.

Les Graces.

Que ce Prince est aymable & beau,
Aussi mesme dans le berceau
Il fut accompagné des Graces.

Toutes ensemble.

Rendons ses plaisirs accomplis,
Et marchons toujours sur les traces
Du jeune Monarque des Lis.

Venus.

Il faut qu'Amour en soit vainqueur,
Et déja sur ce noble cœur
Sa victoire est certaine.

La Volupté.

Faisons qu'il ait ce beau desir,
Et pour en gouster le plaisir
Qu'il en sente la peine.

Les Graces.

Qui ne se laissera tenter,
Et qui pourra luy resister
S'il est accompagné des Graces.

Toutes ensemble.

Rendons ses plaisirs accomplis,
Et marchons toujours sur les traces
Du jeune Monarque des Lis.

D

XVIII. ENTREE.

Orphée, Silene, & Bacchantes.

Orphée déchiré par les Bacchantes, & representé par Mr. Seguier.

D'*Un Luth harmonieux le son tendre, & plaintif,*
Ne sçauroit desarmer le cœur vindicatif
 De ces femmes cruelles,
Pourquoy me déchirer, & qu'ay-je fait contr'elles ?
J'aymay toujours le sexe auec tant de chaleur,
Et voyez à quel point il regnoit dans mon ame,
Ie fus jusqu'aux enfers redemander ma femme,
Peu de Maris iroient si loin querir la leur.

Bacchantes.

LE ROY. Mrs. de Gontery, Mr. Ribere, Mrs. Sainctot,
  & Cabou, & le Sr. Robichon.

LE ROY, *representant vne Bacchante.*

I*Eune Bacchante que je suis*
I'employe à tout ce que je puis
L'impetueuse ardeur dont je ne sçay que faire,
 Ie ne cesse de m'agiter,
 Et mon exercice ordinaire
 Est de courir, danser, sauter.

 Mais i'espere qu'au premier iour
 I'iray boire vn doigt chez l'Amour,
Il m'en va conuier, & si ie ne me flate,
 Il me receura de bon cœur,
 Me fera chere delicate,
 Et me percera du meilleur.

 De là ie quitte en peu de temps
 Tous ces petits vins, & pretens
Aualer à longs traits du grand vin de la gloire,
 Déja la Nature & les Cieux
 En naissant m'en ont tant fait boire,
 Qu'on voit qu'il me sort par les yeux.

A Villedan , *repreſentant vne* Bacchante.

VOus en auez bien pris de la liqueur Bachique,
Mais ce n'a pas eſté dans voſtre domeſtique,
Ayant trop témoigné comme il ne falloit pas
S'enyurer de ſon vin alors qu'il eſt au bas.

XIX. ENTRÉE.

Dieu du Sommeil ſortant du Temple de Bacchus ſuiuy des Songes
ou Phantoſmes, Viſions de trophées, d'Hommes de feu,
d'Hommes de glace, du fleuue d'Oubly, & de Fées
enfantant des Eſprits follets.

Le Sommeil *, repreſenté* par le Sr Beaubrun.

AVX DAMES.

DE mes pauots delicieux
I'entretiens vos beautez, & trouue ce me ſemble
Que vous vous en portez bien mieux
Quand nous auons paſſé toute la nuict enſemble.

De crainte qu'ils ne ſoient battus
Ie tiens clos & couuerts vos beaux yeux adorables,
Et i'ay de ſecrettes vertus
Pour le ſoulagement de tous les miſerables.

Ie fais de merueilleux tableaux,
Fragiles, delicats, peints d'ombre & de fumée,
Et qui ne ſont iamais ſi beaux
Qu'en les conſiderant à paupiere fermée.

Monſieur de Crequy, le Grand Maiſtre de l'Artillerie, Mr. de la Chaiſnaye, & le St. le Vacher, *repreſentans des Songes ou Phantoſmes.*

A v x   D a m e s.

Sous une aymable figure,
Et brillans au dernier point,
Belles, nous ne ſommes point
Songes de mauuais augure.

Nous auons le gouſt des hommes
Qu'Amour ſe plaiſt d'attaquer,
Il eſt ayſé d'expliquer
Des ſonges comme nous ſommes.

Nous voulons en gens habiles
Quelque choſe de reel,
Et c'eſt noſtre naturel
D'eſtre legers & fragiles.

Ne croyez pas aux menſonges
De ceux qui ſur noſtre fait
Vous diront que c'eſt mal fait
De s'arreſter à des ſonges.

Le Grand Maiſtre de l'Artillerie, *repreſentant un Phantoſme.*

Des Phantoſmes le plus terrible
Ie ſçay faire un vacarme horrible,
Par moy tout peut eſtre détruit :
I'ay des tonnerres & des flames,
Mais ie me r'adoucis la nuiĉt,
Et ie puis apparoiſtre aux Dames
Sans faire d'eſclat, ny de bruit.

Monſieur

Monſieur de Crequy, *repreſentant vn Phantoſme.*

Dluine cauſe de ma flame,
Ie n'ay plus ny de corps ny d'ame,
La raiſon en paroiſt aſſez :
Pour mon ame elle eſt toute voſtre,
Et je me ſuis défait de l'autre,
A cauſe que je ſçay que vous le haïſſez.

Mais vous pourriez bien ce me ſemble
Les rejoindre tous deux enſemble,
Et reſtablir tous leurs accords ;
Loin d'en apprehender du blaſme,
Puiſque vous auez déja l'ame
Ce ſeroit charité de prendre auſſi le corps.

XX. ENTRÉE.

Trois Trophées de Bacchus.

Le Marquis de Viuonne, Mᵉ Coquet fils, & le Comte.

Nous ſeruons à Bacchus, nous en faiſons trophée,
En recompenſe quelque jour
D'vne ardeur differente ayant l'ame eſchauffée
Nous pourrons ſeruir à l'Amour.

XXI. ENTRÉE.

Hommes de Feu.

Le Duc de Candale, le Comte de Mauleurier, Mᵗˢ de Gontery,
Seguier, le Sᵉ de Sainct André, & le Sᵉ Barbau.

Le Duc de Candale, *repreſentant le Feu.*

EStincelant & vif, ie croy qu'il en eſt peu
Qui puiſſent comparer leurs flames à mes flames,
Ie n'en fais point le vain, mais ie ſuis vn vray feu
A conſommer le cœur des Dames.

De ma poſſeſſion leur ſort ſeroit heureux,
Si i'en voulois auoir il m'en viendroit à troupes,
O qu'elles voudroient bien que ie fuſſe amoureux,
Et que le feu prit aux eſtoupes.

E

Monsieur de Comenge, *representant le Feu*.

IL faut que je m'éleue, *&* mon ambition
   Des objets rampants n'a que faire,
Et fi j'ay quelque paffion,
   Elle eft au delà de ma fphere.

XXII. ENTRE'E.

Hommes de glace.

LE ROY.

Le Comte de Sainct Agnan, le Sr. Courtois, les Srs. Lambert,
Laleu, & Robichon.

LE ROY.   *representant vn glacé.*

J'Entre dans vn Printemps qui va rompre la glace
   Qui me contraint *&* m'embaraffe,
Et je feray bien-toft fentir aux plus hardis
   Que mes doigts feront dégourdis.

Déja mon froid imprime vne crainte profonde,
   Et je ne voy guere de monde
Qui ne tremble dans l'ame à mon Royal afpect,
   Et ne foit glacé de refpect.

Mon cœur beaucoup plus grand que tous les cœurs enfemble
   N'a que trop d'ardeur ce me femble,
Et je fouhaiterois qu'il fut plus froid qu'il n'eft,
   Ie me doute de ce que c'eft.

XXIII. ENTRE'E.

Fleuue d'Oubly.

Le Marquis de Pify-Genlis, *repreſentant le Fleuue d'Oubly.*

AVX DAMES.

HElas diuinitez mortelles,
Que ne puis-je moy-meſme en vertu de mon eau
Oublier que vous eſtes belles,
Ou vous faire oublier que je ne ſuis pas beau.

XXIV. ENTRE'E.

Les Fées qui enfantent des Eſprits folets.

Le Marquis de Sainct Martin , Mʳ· de Raſliere, Mʳ· Coquet fils,
& les Sʳˢ· Sainct Fray, & Barbau.

NOus voyons clair dans les ſombres deſtins,
Aux vieux deſerts nous faiſons nos vacarmes,
Et ce ne ſont que Folets & Lutins
Qui peuuent eſtre amoureux de nos charmes.

Mʳ· de Raſliere , *repreſentant vn Eſprit follet.*

AVX DAMES.

BEaux yeux dont les miens ſont rauis,
Voyez-moy bien, à voſtre aduis
Suis-je taillé d'vne maniere
A paſſer aiſément pour vn de ces Eſprits
Fort dégagez de la matiere?

XXV. Entreé.

L'Escuyer chargé des armes de ceux qui doiuent
danser apres.

Mr. du Foullioux , representant l'Escuyer.

Elegie à sa Maistresse.

IEune & fiere beauté que je ne nomme point ,
Au fonds de voftre cœur vous fçauez à quel point
Le mien est enflamé pour vos aymables charmes ,
Je n'ay fceu m'en defendre auec toutes ces armes ,
Et vous auez fauffé par vos diuins appas
Celles qui font à moy , celles qui n'y font pas
C'est à vous feulement que mon feu fe reuele ,
Mais l'amour m'a fi fort embroüillé la ceruelle ,
Que dés le premier mot que ma bouche produit
Le fens commun efquiue & la raifon s'enfuit ;
C'est pis quand je m'abftiens de ma rare eloquence ,
Et tout le monde rit au nez de mon filence ,
D'où vient à mon efprit vn fi dangereux choc ,
Cette ingenuité n'est point de mon eftoc ,
Et je ne ferois point ces chofes de moy-mefme ,
Il faut bien que ce foit parce que je vous ayme.
Ceux qui penfent auoir tout le bon fens pour eux
Sont auffi fous que moy quand ils font amoureux ,
Et je me reffouuiens qu'on m'a dit ce me femble ,
Qu'Amour & la Sageffe eftuient broüillez enfemble.
   Mais je m'emporte icy dans le raifonnement ,
Il s'agit , s'il vous plaift , de guerir mon tourment :
Car fi voftre feruice est de nul auantage ,
Je n'ay pas refolu d'y vieillir dauantage ;
Est-il pas jufte auffi que chacun ait le fien ,
Le Mary prendra tout & l'Amant n'aura rien ?
   Souffrez que je vous mene , & que je me propofe
D'eftre voftre Efcuyer , c'est toujours quelque chofe ,
Non que je borne là mon vol ambitieux ,
Ce n'est que pour vous voir, & qu'en attendant mieux.

XXVI. Entreé.

Gendarmes ou Gladiateurs animez par le vin.

Le Prince d'Harcour, le Comte de Lillebonne, le Marquis de Richelieu,
le Comte de Bregy , le Marquis de Genlis , & le S*· du Val.

LA rage dans le cœur & le sang dans les yeux,
Nous causons le desordre & l'horreur en tous lieux,
Le carnage est ce qui nous charme :
Mais le plus fier de nous est bien-tost surmonté ,
Quand il trouue vne jeune & charmante beauté
Qui luy dit , Baisez-moy Gendarme.

XXVII. ENTRE'E.

Titans qui ont massacré Bacchus, & qui viennent à ses Festes
touchez de repentir , & de deuotion pour son culte.

LE ROY.   Le Comte de Sainct Agnan, le Marquis
de Villequier, M*r·* Sanguin, & les S*rs·* Sainct Fray,
& Barbau.

LE ROY,   *representant vn des Titans,*

MA naissance est si haute & si proche des Cieux,
Que je ne pense pas estre vn ambitieux
Dont la temerité ne se puisse defendre,
Et fait comme je suis le Ciel pourroit me prendre
Moins pour vn des Titans que pour vn de ses Dieux.

Tout au dessous de moy me paressant si bas
La hauteur du dessein ne m'épouuante pas ,
Et pour y paruenir j'ay la force & l'audace,
J'y touche peu s'en faut de mon illustre place,
Et du Throsne où je suis il ne reste qu'vn pas.

Mais les Dieux pour ce coup ne seront point battus ,
Ie m'en tiens aux projets que mes Ayeuls ont eus
D'estre aymé dans la paix, d'estre craint dans la guerre,
Et suffit dans cent ans qu'ayant soûmis la Terre
I'escalade le Ciel à force de Vertus.

F

XXVIII. Entre'e.

Pirates échoüez en l'Isle dorée, & qui viennent
aux festes de Bacchus.

Le Marquis de Pisy, le Comte de Froulé, & les Srs Mongé & Queru.

NOus auons escumé les Mers
Et fondé sur les flots amers
Vne richesse qui s'augmente,
Mais quelques si grands biens que nous ayons acquis,
Nous gaignerions sans doute vn thresor plus exquis,
Si nous auions perdu l'Amour qui nous tourmente.

XXIX. Entre'e.

Mercure enuoyé de la part de Iupiter pour honorer
les festes de Bacchus.

Roquelaure, *représentant Mercure.*

Avx Dames.

MEssager fidelle & discret
Ie tiens le pacquet fort secret
Que les Dames m'osent commettre,
Ame viuante n'y penetre,
Et ma charge est d'vn tel rapport
Que ie n'ay iamais rendu lettre
Qu'on ne m'ait bien payé le port.

Au reste auez-vous le dessein
De faire vn voyage loingtain
De galanterie & de joye,
Sans qu'on le sçache ou qu'on vous voye?
Venez auec moy sans danger,
La plus douce & plus seure voye
C'est d'aller par le Messager.

Entre les Larrons Amoureux
Ie preside & toujours comme eux
I'ay quelque nocturne besongne,
Mes Riuaux en ont grand vergongne,
Suffit d'estre Mercure enfin,
Et venir du ciel de Gascongne
Pour estre le Dieu du larcin.

Comme mon bien dire eſt vanté,
Ie ne fais point difficulté
D'enrichir vn conte agreable,
Et de paſſer le vray-ſemblable,
Mais c'eſt pour vſer de mes droits,
Et nous autres Dieux de la fable
Il faut bien mentir quelque fois.

XXX. ET DERNIERE ENTRE'E.

Apollon & les neuf Muſes, qui ſe trouuent aux Feſtes, à cauſe
de l'affinité qui eſt entre elles & Bacchus.

LE ROY.   Le Duc de Ioyeuſe, Villedan, les Comtes
de Sainct Agnan, & de Mauleurier, Mr. de Gontery,
Mr. Ribere, le Sr. Cabou, & les Srs. Molier,
& Robichon.

Apollon, repreſenté par le Sr. Cabou.

DEs filles du ſacré vallon
I'en ſçay mener huict à baguette,
Et rien plus le pauure Apollon
Se recommande à la cadette.

LE ROY, *repreſentant vne Muſe.*

Avx Poëtes.

TEnez vous preſts, diuins Eſprits,
Qui ne chantez pas à tout prix,
Et que la haute gloire pique;
Ie medite vn hardy projet,
Et vous prepare le ſujet
D'vn grand & beau Poëme heroïque.

Du pas dont on me voit venir,
Je ne ſuis pas pour m'en tenir
Aux ſimples Lauriers de Parnaſſe,
Il faut que de cent viues fleurs
Que ie m'en vais cueillir ailleurs,
Ma noble guirlande ſe faſſe.

ENTRÉE SVPPRIMÉE.

De deux Coquettes & d'vne Matrône.

LE ROY. *repreſentant vne Coquette.*

IE doute qu'auec moy pas vne *Demoiſelle*
    Entre en comparaiſon,
Car je ſuis belle enfin, jeune, ſpirituelle
    Et de bonne maiſon.

  Ie ſuis vn peu coquette, & malgré mon bas âge
    Ie veux vaincre par tout,
Mais ie me ſens auſſi la force & le courage
    Pour en venir à bout.

  Les acclamations pour moy ſont toujours preſtes,
    Et la gloire me ſuit,
Ie préuoy que dans peu ie feray des conqueſtes
    Qui feront bien du bruit.

  Combien d'adorateurs marchent deſſus mes traces,
    Et vont baiſant mes pas,
Et que de gens voudroient auoir mes bonnes graces
    Qui ne les auront pas.

  Ie ſuis ſage, & veux bien qu'auecque moy l'on rie,
    Mais point de liberté,
Et l'on ne voit qu'en moy de la coquetterie,
    Et de la Majeſté.

  Les plus fameux deuins ont fait mon horoſcope,
    Et diſent qu'à mes pieds
Sans doute quelque iour tous les Rois de l'Europe
    Seront humiliez.

  Quelque brillant éclat que leur ſçauoir me donne,
    Ce n'eſt point trop pour moy,
Ie ſens que dans le corps d'vne ieune Mignonne
    I'ay l'ame d'vn grand Roy.

G

Villedan , *repreſentant la Matrône.*

LEs deuoirs qu'on rend à noſtre âge
Sur tout en fait de Mariage ,
Sont des deuoirs bien rigoureux ,
Et décrepites que nous ſommes
Nous ne faiſons de malheureux
Qu'autant que nous eſpouſons d'hommes.

Aſſez de Galands nous arriuent
Qui nous cajolent , nous pourſuiuent ,
Et font deuant nous les jolis ,
Mais auecque toute leurs offres
Nous aurions de fort mauuais lits
Si nous n'auions de fort bons coffres.

Helas ! ie ſçay ce qu'en vaut l'aulne ,
Moy qui ſuis icy la Matrône
De ces deux aymables beautez ,
Vne qui fut plus ancienne
Eſtoit iadis à mes coſtez ,
Et moy-meſme i'auois la mienne.

Que c'eſtoit vne vieille Prûde ,
Jncommode , faſcheuſe , rude ,
Et que i'ay languy ſous ſa loy ,
Elle eſtoit toujours en ceruelle ,
Et pour mieux répondre de moy
Me faiſoit coucher auec elle.

Enfin apres l'auoir perduë
Ie ne me ſuis point defenduë
De fa re vn meſtier qu'elle a fait ,
L'on m'honore dans les familles ,
Et ie m'adonne tou à fait
A gouuerner les jeunes filles.

F I N.